24 stories

読むだけで成長できる
「心のサプリ」

小さな幸せに気づける人が
大きな幸せをつかむ!

小さな幸せに気づく 24の物語

中山和義
Kazuyoshi Nakayama

フォレスト出版

はじめに

人生はなかなか思うようにはいきません。
仕事のことや人間関係、家族のことなどで悩むことも少なくありません。
そんなときに、「大切なことに気づかせてくれる話」に出会うと心が元気になります。
悩みを解決できることもあります。

八年前から、弊社のお客様にもこのような話を伝えたいと思って、毎月「オーナー日記」として会報に載せてご紹介していましたが、この内容をまとめた『大切なことに気づく24の物語』を昨年、出版させていただきました。

ありがたいことに一六万人以上の皆さんに読んでいただき、

「大切なことを教えてもらいました。涙が止まらなくなるほど感動しました」

「母とは仲が悪かったのですが、素直に感謝できるようになりました」

「数え切れないほどの小さな贈り物を、毎日受け取っていることに気がつきました」


などの多くの感想をいただきました。

メルマガやブログに感想を書いてくださる方もたくさんいらっしゃって、たいへんうれしく思いました。

感想を読んでいて思ったのですが、『24の物語』の中でも特に心に残った話や言葉は、一人ひとり違います。

ある人は、脳性マヒの障害を持って生まれ、一五歳で亡くなったやっちゃんのお母さんへの思いを書いた『お母さん、ぼくが生まれてごめんなさい』

（向野幾世著、扶桑社）という詩に書かれた、

「やさしさこそが　大切で　悲しさこそが　美しい
そんな　人の生き方を　教えてくれた　おかあさん　おかあさん」

という言葉に感動したと書かれていました。

また、メジャーリーグで活躍している松坂選手の、

「もともと、僕は夢という言葉は好きではありません。見ることができても
かなわないのが夢だと思います。大リーグでプレーすることを目標に野球を
続けてきたので、今ここにいると思います」

という言葉に勇気づけられたという方もいました。

そのほかにも、

「他人のことは理解しようと思わなければ何もわかりません」

「夢が人を裏切るのではなく、人が夢を裏切る」

「あまりにも当たり前に自分の周りにあるので、それがどんなに幸せなことか気づいていないことはありませんか?」

「一週間後に亡くなるとしたら、今、何をするのかを書き出しなさい」

「たった一つある限界は自分が決めた限界」


などの言葉が心に強く残ったという感想をいただきました。

どうして人によってこんなに印象に残る話や言葉が違うのでしょうか?


多くの人は自分が必要としている話や言葉に出会うと心に強く残ります。

『24の物語』の中で、特にその人が必要としていることに気づかせてくれ

Firstly
はじめに

た話や言葉が心に強く残ったのだと思います。
必要としている話や言葉に出会ったときに人は大きく成長できます。
この本では自分の成長に役立った話を、

「心を成長させてくれる物語」
「仕事や働くことから気づき、成長させてもらった物語」
「家族や友人から成長させてもらった物語」
「夢を追いかけている人から成長させてもらった物語」

の四つの分野に分類して載せました。当時の「オーナー日記」に対して、今の私が感じたコメントもつけ加えさせていただきました。

前著と同じように、この本に書かせていただいたことは当たり前のことかもしれません。でも、当たり前のことに気づいて大切にすることが、一番難しいのだと思います。この本の物語は、本当に大切なことを忘れそうになったときにあなたを助けてくれる物語です。

悩んでいるときだけではなく、繰り返し読んでいただけるとうれしいです。

今回も、私が友人から聞いたり、本で知った物語を紹介しています。出典のわからないものもなるべく調べて、わかったものについては載せています。しかし、すべての物語の出典はわかりませんでした。

また、人から人へ伝えられた物語は、もしかするとオリジナルと多少違うかもしれません。もし、出典やオリジナルを知っている方がいたら、ご連絡をいただけるとありがたいです。

中山　和義

Contents
目次

Chapter 1
心を成長させてくれる物語 ……………………> page 9

Chapter 2
仕事や働くことから気づき、
成長させてもらった物語 ……………………> page 41

Chapter 3
家族や友人から
成長させてもらった物語 ……………………> page 71

Chapter 4
夢を追いかけている人から
成長させてもらった物語 ……………………> page 101

Conclusion
おわりに ……………………> page 125

Chapter 1

心を成長させてくれる物語

小学生の子どもに、

「好き嫌いばかりしていると健康な体になれないよ」

と言うことがあります。

健康な体に育つためにはお菓子ばかり食べていないで、栄養のバランスを考えた食事をしっかりと規則正しく食べることが大切です。

同じように心を健康に成長させるためには、心の栄養になる気づきを与えることが必要だと思います。体の成長は二〇歳ぐらいで止まりますが、心の成長に終わりはありません。

自分が息を引き取る瞬間まで、心の成長は続いているのです。

ある有名な映画監督に、

「監督の一番の代表作は何でしょうか?」

と聞いたところ、

「次に作る私の作品が一番の代表作になります」

という答えが返って来たそうです。

昨日の自分よりは今日の自分のほうが成長しているし、明日はもっと成長した自分になれる。毎日少しずつでも確実に成長することが大切です。

成長するには困難に出会って乗り越えることが大切ですが、一人で困難を乗り越えていくのはとてもつらいことでしょう。

「何で自分だけがこんな目に遭わないといけないんだ」とか、

「どんなに努力してもムダだ」

と思ってしまいます。

このようなときに、困難に出会っても努力を続けている人の話を聞くことで力や気づきを得ることができます。

心を成長させてくれる物語をご紹介します。

story 1

洋服の仕立て屋

友人から考えさせられる話を聞いたのでご紹介します。

ある小学生の男の子が急な雨に降られて、ずぶ濡れになって家に帰ってきました。

お母さんは、男の子をすぐにお風呂に入れて風邪をひかないように早目に寝かせました。

次の日、いつものようにお母さんが起こそうとしたのですが、男の子は起きることができません。起きようとしても布団の上から動けないのです。

驚いた母親が医師に見てもらったところ、進行性の筋ジストロフィーであることがわかりました。

「この子は長くとも二〇歳までしか生きられない」

と医師に言われました。その夜、お母さんはお父さんに子どもの病気のことを話したのですが、寝つけなかった男の子は自分が二〇歳までしか生きることができないという話を聞いてしまいました。

その後、男の子は車いすに乗りながら学校に通いました。

中学生になる頃、お父さんが男の子に、

「将来、何になりたいんだ？　どこの中学に行きたいんだ？」

とたずねました。男の子は、

「僕をもうこれ以上騙《だま》すことはやめてほしい。僕が二〇歳までしか生きられないことは、話を聞いて知っている。僕は、学校の先生が『一日に一つ良いことをしなさい』と言ったので、一日三つ良いことをしようと思う。そうすれば、六〇歳まで生きたのと同じになるから……」

と目に涙を浮かべながら話しました。驚いて何も言えないお父さんに男の子は、

「僕は中学には行かない。それよりも、洋服の仕立て屋になるために見習いに行きたい。死ぬまでにお父さんとお母さんにおそろいの服を作って、着てもらった姿を見てから死んでいきたい」

と続けて話しました。

人生はどのくらい長く生きたのかではなくて、どのくらい真剣に生きたのかが問われるのだと思いました。この男の子に負けないように、真剣に毎日を過ごさないといけないですね。

どんな人でも必ず亡くなることは決まっています。しかし、自分が亡くなることを意識して毎日を過ごしている人は少ないと思います。

絶対に当たる占い師から、

「あなたの寿命は残り一〇年」

と言われたら、毎日の過ごし方が変わると思いませんか?

一〇年後までに自分がどのようなことを達成したいかを考えて、一年後にはここまで達成したい、三年後にはここまで、五年後には……というように考えて毎日を過ごすはずです。

「何歳までしか生きられない」と言われていない人でも、自分の生きたい年齢までの計画を同じように立てることはできます。八〇歳まで生きると思っている人は、

「八〇歳までに達成したいことのためには、一年後にはここまで達成したい、五年後にはここまで、一〇年後には……」

と考えることができます。

どんな人にも一日二四時間は同じように与えられていますが、一日の過ごし方で達成できることの数は変わってきます。

一〇年後に必ず生きていると言える人は誰もいません。死を意識することで、

「どのように生きなければいけないか?」

ということを学べると思います。

いつか終わる人生を、時間の流れで考えることが大切です。

story

2 一番大切な十円玉

先日、学校の先生をしている友人から良い話を聞きましたのでご紹介します。『生徒のモラールが高まる〝自分の心を鍛える話100〟』(師尾喜代子編、明治図書)という先生向けの本に載っていた話だそうです。

知的障害がある女の子が両親と暮らしていましたが、お母さんが病気で亡くなってしまいました。本当は親子で一緒に暮らしたかったのですが、周りの人の勧めもあり女の子は施設にあずけられて、お父さんと別々に暮らすことになりました。

施設では、社会に出ても通用するようにお金の訓練を行います。

この女の子も、一円から五〇〇円までの硬貨を順番に並べてお金の価値を勉強していました。試験のときに先生が、

「一番大切なお金はどれですか？」

と女の子に聞くと、女の子は笑いながら一〇円を指差しました。何回も先生が、

「五〇〇円が一番大事だよ」

と教えても、女の子は繰り返し一〇円を指差しました。困り果てた先生は、

「どうして一〇円が大事なの？」

と聞くと、女の子は、

「だって、この一〇円をあの公衆電話に入れたら、大好きなお父さんの声を聞けるから……」

と答えました。

自分でも気づかないうちに、お金で価値を考えてしまうことがあります。

本当に大切なものはお金では買えないものです。

いろいろなことを楽しむのにお金は必要です。お金があったほうがないよりも幸せになれるとは思います。しかし、お金があっても不幸な人はたくさんいます。お金を儲けるために体を壊したり、友人を失ったりしている人がいます。

「自分の大切なものを三つあげてください」

と言われたら何をあげますか?

健康、家族、友人など、お金で買えないものをあげる人も多いと思います。

何に価値を置くかによって人生は決まってしまいます。

価値観が変わると人生が変わります。

story 3
友達と給食

先日、ワタミの渡邉《わたなべ》美樹社長の話をセミナーで聞きました。とても感動したお話がありましたのでご紹介します。

渡邉社長は恵まれない子ども達のために、カンボジアで学校建設事業を行っています。

完成した学校には多くの子ども達が通って勉強していますが、満足に食事を取ることができない子ども達が多く、勉強するどころではない状況です。

そこで、お腹を満たしてから勉強してもらおうと考えて、一時間目の前に給食を配給するようにしました。給食と言っても日本の給食とは違ってわずかなご飯にスープをかけただけのものです。それでも、お腹をすかせた子ども達はうれしそうに食べます。

渡邉さんがある学校に視察に行ったとき、給食をみんなが食べ始めても一口も食べようとしない女の子に気がつきました。みんなが食べている間、女の子はじっとほかの子ども達が食べているのを眺《なが》めています。

何人かが食べ終わって席を立ち上がる頃になると、女の子はビニール袋を取り出して、手をつけていない給食を袋の中に入れ始めました。渡邉さんが不思議に思って校長先生に理由を聞くと、

「彼女は病気で働けない母親と二人の姉妹のために、給食を家に持ち帰って一緒に食べます。だから一時間目は欠席です」

と答えました。渡辺さんは自分もお腹をすかしているのに、家族のところに持って帰る優しい子がいることに感動していましたが、もっと驚いたのは女の子の周りに座っていた子ども達の行動でした。女の子の近くに座っていた子ども達はなぜかみんな、給食を全部食べずに残していました。

女の子が自分の分をビニール袋に入れ終わると、ほかの子も残した分を女の子のビニール袋に入れてあげていました。

「一日一食しか食事を取れない子ども達なのに……」

渡邉さんはこの光景を見て、「この子ども達を絶対に助ける」と強く思ったそうです。

自分が恵まれた状況にいて、人を助けることは誰でもできるでしょう。本当の強さと優しさを試されるのは、自分が困難な状況のときに、どれだけさらに困っている人のために力を貸すことができるかです。逆境が人を試すと思います。

自分が困難な状況になったとき、カンボジアの子ども達の強さを思い出してがんばりたいですね。

この話を聞いたときに、日本人がいかに恵まれているかを感じました。

いろいろと悩みを持っている人もいると思いますが、「今日食べるものがない」と悩んでいる人は少ないと思います。

自分だけでなくてお腹をすかしている子どもに、カンボジアのように一日一食しか食べさせることができなかったら、親としてとてもつらいと思います。

食べることができるということは、本当に幸せなことだと思います。

日本では、食べ物のようにあまりにも当たり前に自分の周りにあるものが多くて、その幸せに気がつかないことがよくあります。

水の中の魚は水の外に出て初めて、水の大切さに気がつきます。気づいたときには魚は死んでしまいます。

自分の周りの当たり前の幸せに気づくことが大切だと思います。

story 4

閉めない戸口

最近読んだとても感動する本があったので、ご紹介したいと思います。『世界でいちばん大切な思い』（イ・ミエ著、パク・インシク著、笛木優子訳、東洋経済新報社）という本です。実際にあった感動する話がいくつか書かれています。その話の一つに「閉めない戸口」という話があります。

小さな村の小さな家に母親と娘が暮らしていました。母親は日が暮れると、泥棒が来るかもと鍵をきっちり閉める人でした。娘は母親のように田舎でうずもれてしまう生活にがまんできなくなって、ある朝、

「お母さんへ　親不孝な娘のことはどうか忘れてください」

と手紙を残して都会へ行ってしまいました。

しかし、都会での生活は厳しくて、なかなか娘の思うようにはいきませんでした。

一〇年後、都会の生活に疲れた娘は、田舎に帰ってお母さんに会いたいと思い故郷へ向かいます。

一〇年ぶりの帰郷でしたが、家は昔のままでした。辺りはすっかり暗くなっていましたが、窓のすきまからはかすかな光が漏《も》れていました。

ずいぶんと迷ったあげくに、娘はようやく戸口を叩きました。けれども返事がありません。

思わず取手に手をかけると扉の鍵が開き、部屋に上がってみると、やせ衰えた母親が冷たい床の上に一人で寝ていました。

思わず娘は、母親の寝顔の横にうずくまると肩を震わせて泣きました。その気配で気づいた母親は何も言わずに娘を抱きしめました。

しばらくたって娘は母親に、

「今夜はどうして鍵をかけなかったの。誰か入ってきたらどうするの」

とたずねました。母親は優しい笑顔で娘に、

「今夜だけじゃないよ。もしお前が夜中に帰ってきたとき、鍵がかかっていたらどこかに行ってしまうんじゃないか、そう思ってこの一〇年間ずっと鍵をかけられなかった」

と答えました。

その夜、母娘は一〇年前に時を戻し、鍵をきっちりかけ、寄り添いながらゆっくり眠りにつきました。

読んでいて思わず涙があふれてきました。幸い私の母は元気です。たまに

けんかもしますが、もっと親孝行しないといけないと思いました。

今よりももっと良い環境があるかもしれないと思うことがあります。確かに新しいことに挑戦するためには、環境を変えることが必要です。

でも、以前の環境でお世話になった人を悲しませたのでは、新しい環境でも成功しないでしょう。

会社を辞めるときに、新しい夢を見つけてみんなから応援されながら辞める人もいれば、何も言わずに逃げるように会社を辞める人もいます。

環境を自分の不幸の言い訳にするのは簡単ですが、その前に本当に環境だけが原因なのかを考える必要があります。

幸せは環境にあるのではなくて、心のありようで決まると思います。

story 5 犬の十《じっ》戒《かい》

先日、『犬と私の10の約束』という映画を観に行きました。本当に良い映画で、人の一生と命について考えさせられました。

内容を簡単に説明すると、お母さんが入院したときに、主人公の一四歳になる少女が子犬を飼うことになって、お母さんから犬を飼うときの一〇の約束を教えてもらいます。

その後、お母さんが病気で亡くなった悲しみを乗り越えて、医師のお父さんと犬と一緒に成長する少女の様子が表現されています。犬との約束は、

1 『私の話をがまん強く聞いてください』
2 『私を信じて。私はいつもあなたの味方です』
3 『私とたくさん遊んで』

4 『私にも心があることを忘れないで』
5 『ケンカはやめようね』
6 『言うことを聞かないときには理由があります』
7 『あなたには学校もあるし友達もいるよね。でも私にはあなたしかいません』
8 『私が年をとっても仲良くしてください』
9 『私は10年しか生きられません。だから一緒にいる時間を大切にしようね』
10 『あなたとすごした時間を忘れません。私が死ぬときお願いします。そばにいて』

という一〇個で、家族との約束にも当てはまるような内容です。

二四歳になって、恋や仕事で忙しくなった主人公は、

「犬がいると旅行にもいけない」

などと、犬に冷たく当たります。しかし、久しぶりに犬を抱きしめたとき、犬の体が小さく、軽くなったことに気づいてこの約束を思い出します。犬と一緒にいられる時間が残り少ないことにも気がつきました。主人公は犬が亡くなるとき、この約束を守れていたかどうか思い出します。もっと、大切にしてあげれば良かったと反省します。

当たり前のように一緒に暮らしていると、その状況が永遠に続くように錯覚してしまいます。それは犬だけでなく人の場合でも同じです。どんなに大切な人とも、いつかは別れるときが必ず来ます。だから一緒に過ごせる時間を大切にしたいですね。

この映画で使われた犬との一〇の約束は、インターネットで広まった作者不明の短編詩『犬の十戒』をもとにしたものだそうです。

『犬の十戒』での一〇番目の約束は映画とはちょっと違って、

『私が死ぬとき、お願いです。そばにいてください。そして、どうか覚えていてください。私がずっとあなたを愛していたことを』

というものです。

自分が亡くなるときに、そばに愛した人が一緒にいてくれて、自分がその人を愛したことを伝えられたら幸せだと思います。

人は亡くなりますが、生きている間に、その人が自分を愛してくれた記憶は絶対に忘れないでしょう。

story 6
自己イメージ

先日、鹿児島の知覧にある「知覧特攻平和会館」に、友人三人と一緒に行ってきました。

友人に、

「今度本が発売されるので、もう一度自分を見つめ直すために知覧に行きたいんだ」

と言ったことがきっかけでしたが、勉強熱心な友人達だったので、

「なぜ、何回も行きたくなるのかわからないけれども、とにかく行くよ」

と言って、一緒に来てくれました。

平和会館には、戦時中に特攻で亡くなった方の生活の様子が展示されています。出撃する前に書かれた遺書も数多く飾られています。

個別に見学して、二時間後に集合したのですが、四人とも涙で目が腫《は》れていました。

「なぜ、何回も来たくなるのかがわかった」

と言ってくれました。

今回、私の印象に強く残ったのは、特攻隊員が特攻の前日まで通っていた富屋食堂でした。

この食堂には、特攻隊員の面倒を母親のように見ていた鳥浜トメさんが働いていました。トメさんは、

「戦争はね、あってはならないのですよ。あの子達は神様だった。だからねぇ、とっても優しかったのよ。

『早く、日本が勝つように、今、僕達が行かなければ。そうすればきっと平和な世の中が来ますから。だから、今、僕達は行くのですよ。おばさん、僕達の命を全部、おばさんにあげるから、僕達の分まで長生きしてくださいね。母親に代わって、見送ってください』

と言い残し、出撃して行きました」

と話していました。また、戦後に生き残った隊員達が訪ねてくると、

「なぜ、生き残ったのか考えなさい。何かしなければならないことがあって生かされているのだから」

と諭《さと》したそうです。

この言葉が、特攻で亡くなった方からの現代の私たちへのメッセージのような気がしました。

特攻隊員の皆さんにも夢があったことでしょう。生かされている私たちが自分の夢のために努力しなかったら申し訳ないと思いませんか？

知覧に行って、食堂の鳥浜トメさんが残してくれた言葉が私の自己イメージを変えました。自分で生きているのではなく、生かされているという考え方に出会ったからです。

戦争の時代と今は確かに違います。今の時代のほうが生きるのは大変だという人もいるかもしれません。しかし、その当時に懸命《けんめい》に生きた人たちが、将来の私たちに残してくれた遺志を忘れてはいけないと思います。

story 7

無理

お世話になっている日本メンタルヘルス協会の衛藤先生から聞いた話です。

以前先生が、ある女の子のカウンセリングを担当していました。その子は心の病気で入院していたのですが、毎週先生が病室に訪ねていくと、いつも明るい表情でテレビや雑誌の話を楽しくしたそうです。

先生も「この調子ならすぐに退院できるな」と思っていました。

ある日、この女の子から先生に手紙が届きました。その手紙には、

「もう、病室に来ないでください」

と書かれていました。あんなに楽しそうにしていたのに、どうしてだろう

と思って、続きを読むと、

「先生が来たときに、つまらなかったらどうしようと思って、一生懸命に楽しい話を考えていました。でも、もう疲れました。だから来ないでください」

と書かれていました。

先生は「私はあの子のどこを見ていたんだ」と落ち込みました。そして、

「無理に楽しくしなくてもいいんだよ。ありのままのあなたと話をしたい」

と返事を書いて、看護婦さんに渡してもらいました。女の子から次に来た手紙には、

「本当にありのままの私でいいんですか?」

と書かれていました。この女の子は「こうしなければいけない」ということを言われ続けていたそうです。だから、ありのままの自分を出すことができなくなって病気になってしまったのです。

人は自分を好きになるのと同じぐらいしか、相手を好きになれないそうです。ありのままの自分を愛することが大切ですね。

誰かに否定され続けたら、自分を愛せなくなって、誰も愛せなくなると思います。私もメーカーに勤めたばかりの新入社員の頃、先輩に毎日のように、

「お前はこんなこともできないのか?」

と怒られ、自分に自信が持てなくなって、何もする気がしなくなりました。そんなときに同期の友人が、

「お前はがんばっていると思うよ。失敗もお前らしいよ」

と言ってくれて、その一言に救われました。

人は一人では生きていけないので、誰からも認められないと、嫌われてでも認められようとします。

会社ではわざと上司に逆らったり、家庭では相手が困るようなことをしたりするようになります。子どもの場合には、病気になれば親が感心を持ってくれるので、心の悩みが原因で本当の病気になってしまうこともあります。

誰か一人でも悩んでいるときに、

「あなたはあなたのままで素晴らしい」

と言ってくれる人がいれば、自分の素晴らしさに気づいてがんばれます。

Chapter 2

仕事や働くことから気づき、成長させてもらった物語

「何のために働くのか？」

この質問に答えることは、とても難しいと思います。

「お金を稼ぐために働いている」と答える人が多いと思いますが、それだけではないと思います。

癌《がん》になってしまって、残り数ヶ月の命と医者に言われたにも関わらず、奇跡的に回復したテニスコーチをやっている友人がいます。

病気で体は弱くなったのにも関わらず、彼のレッスンは以前とは別人のように素晴らしいレッスンでした。生徒にかける言葉にも力がこもっていました。

「もう一度、テニスコートに立てたときに涙が出た。病気になる前は、テニスを教えることが仕事だと思っていたけれども、今はテニスを教えることが生きがいだと気づいた」

と彼は話していました。

真剣に仕事をしている人からは、多くの気づきをもらうことができます。

仕事を真剣にしている人は、「自分の仕事にどんな役割や意味があって、どうすればほかの人の役に立つことができるのか」を考えています。

仕事をやらされているとは考えないで、「この仕事がこの世に生まれてきた自分に与えられた役割だ」と考えています。

仕事がつまらないと思っている人は、自分の仕事を意味のない仕事だと思っていますが、少なくともお金をもらえる仕事に意味のない仕事はありません。意味のない仕事だと勝手に思い込んでいるだけです。

仕事で大きな問題にぶつかって悩むと、どうしても自分の仕事に意味を見つけられなくなります。辞めたほうが楽なので、その仕事から逃げたくなります。

「意味のない仕事をしている」

と自分に無理やりに言い聞かせようとしてしまいます。

仕事から逃げずに、仕事の意味や役割を考えている人の話を聞くと、逃げようとしている自分に気がつきます。

成長に役立った仕事の話をご紹介します。

story 8
カタカナの手紙

先日、コンサルタントをしている友人から、福岡県にものすごくサービスの良い美容院があるから参考にしたほうが良いと言われて、『愛と感動の美容室　バグジー』（田原実著、インフィニティ）を読みました。

お客さんとのきずなが強くて、遠くからピザの差し入れが届くこともあると書いてあって驚いたのですが、あるお客さんとのエピソードを読んで納得しました。

この美容室に、二八歳のダウン症の女性が来店しました。彼女は知能が五、六歳程度であまり話すこともできなかったのですが、スタッフ全員が明るく接したのでとても喜んでいました。

その応対がとても気に入った彼女は、毎日のようにお店に遊びに来るようになります。しかし、ある日スタッフが忙しく、誰も彼女の相手ができませんでした。そして、それ以来、彼女は店に来なくなってしまいました。

心配した担当のスタッフが、彼女に手紙を書こうと思いつきました。

このスタッフは、彼女が手紙の内容を自分で読めるようにと考えて、宛名を含めてすべてカタカナとひらがなで書きました。

彼女はご両親と一緒に住んでいたのですが、一六歳の頃からずっとポストの郵便物を取りに行くのが、家での日課でした。

ポストに手紙を取りに行くときに、毎回彼女は、密《ひそ》かに自分宛の手紙が来ないかを楽しみにしていました。しかし、漢字が読めない彼女は、自分宛の手紙に一度も気がつきませんでした。

この美容室からの手紙が届いたとき、彼女はひらがなで書かれた自分の名前に気づいて驚きました。そして、急いでお母さんのところに戻ると、

「これがきた！」

と喜んでお母さんに手紙を見せました。

喜んだ彼女はいつもなら早く寝てしまうのですが、夜遅くまで働いているお父さんに報告したくて、お母さんと一緒に寝ないでお父さんの帰りを待っていました。

お父さんが帰って来たとき、

「これができた！」

と喜んでいる娘の姿を見て、お父さんは涙が出ました。気がつくと家族三人で泣いていたそうです。

後日、お父さんが、

「娘が不憫《ふびん》で人前に出さないようにしていました。でも、こんな出会いがあるんだったら、もっと人前に出すようにすれば良かった」

と話していました。

本当にお客さんのことを思っているサービスは、その人の人生も変えることができるのだと思いました。真心を売るお店は素晴らしいですね。

真剣に相手の立場になって考えることが大切ですね。そうすれば、相手のためにできる工夫が見つかると思います。

ほんの少しの工夫が相手の心に響くことが多くあります。このお父さんのように、考え方を変えさせられてしまう人もいます。

買い物をしたときに、目を合わさず、下を見ながらお礼を言うお店もあります。ひどいお店になると、お店の中に入ったときに誰もあいさつをしてくれません。

お店で売っているものは、商品やサービスだけではないと思います。

「私たちは美容師ですが、私たちの売り物は美容ではなくて真心なんです」

バグジーの社長さんの言葉です。

story 9

電球

松下幸之助さんといえば、誰でも知っている松下グループの創業者で「経営の神様」と呼ぶ人もいます。友人から聞いた松下さんの話をご紹介します。

松下さんが、工場でつまらなそうな顔をして電球を磨《みが》いている従業員に、

「あんた、良い仕事してるでぇ〜」

と言ったそうです。

「毎日、同じ様に電球を磨く退屈な仕事ですよ」

と愚痴《ぐち》を言う従業員に、松下さんは、

「本読んで勉強してる子どもらがおるやろ。そんな子どもらが、夜になって暗くなったら、字が読めなくなって勉強したいのにできなくなる。

そこであんたの磨いた電球をつけるんや。そうしたら夜でも明るくなって、子どもらは夜でも読みたい本を読んで勉強できるんやで。あんたの磨いてるのは電球やない。子どもの夢を磨いてるんや。

暗い夜道があるやろ、女の子が怖くて通れなかった道に、あんたが磨いた電球がついたら、安心して笑顔で通れるんや。もの作りはもの作ったらあかん。その先にある笑顔を作るんや」

と言いました。

毎日が忙しいと、

「なぜ、この仕事をやっているんだろう？」

と思うことがあります。私の場合は、お金を稼ぐためにテニス用品を売ることだけが仕事の目的になってしまっていると思います。

本当は、テニス用品を買っていただいた方がテニスを楽しんでいる笑顔を作るために働いているんだ、と気づかせてくれる話でした。人の笑顔を作る仕事ができたときに、自分も笑顔になれるのだと思います。


松下さんのスタッフは幸せだったことでしょう。普通の上司だったら、

「退屈でも仕事なんだから、しっかりとやらなければだめだ」

と言うのではないでしょうか。仕事だから仕方がないと思って働いている人と、この仕事が人に役立っていると思って働いている人とでは、同じこと

をしていても気持ちは大きく違います。

松下さんの一言で大切なことに気づきました。

自分の仕事がお客様のどんな幸せに役立っているのかを考えると、楽しくなります。商品やサービスを売っているのではなくて、幸せを売っていることに気がつきます。

毎日を退屈なものにしているのは、他人ではなくて自分自身です。

story 10

壊《こわ》れたオモチャ

あるお父さんは、毎年クリスマスイブの夜、幼い男の子の枕《まくら》もとに、サンタさんの代わりにオモチャを置いてあげていました。毎年クリスマスの朝に目を覚ました男の子は、枕もとのオモチャを見つけていつも大騒ぎをしていました。

今年のクリスマスも、男の子は枕もとのオモチャを見つけて喜んだのですが、オモチャの電源を入れてもスイッチが入りませんでした。オモチャが壊れていたのです。

お父さんは男の子に気づかれないようにオモチャ屋さんに電話しました。

しかし、クリスマスで忙しいオモチャ屋さんは、

「故障ですか？　修理はメーカーに電話してください」

という冷たい対応でした。お父さんは思わず、

「修理は、もういいです。でも、子どもはサンタを信じています。サンタからもらったと思い込んでいるプレゼントをとても喜んでいました。そのプレゼントが壊れていたんです。クリスマスに子どもがこのオモチャで遊ぶことがどれだけ大切か理解してください」

と話しました。しばらくの沈黙の後、オモチャ屋さんが、

「わかりました。今日中になんとか探して、新しいオモチャをお届けします」

と答えました。喜んだお父さんは楽しみに待っていたのですが、なかなかオモチャ屋さんは来ません。

「やっぱり、無理だったか……」

と、夜八時を過ぎてあきらめかけた頃、玄関のチャイムがなりました。お父さんがドアを開けると、そこにはサンタさんの格好をしたオモチャ屋さんが立っていました。

玄関で話し声が聞こえていたので、誰か来たのかと思って部屋から出てきた男の子はサンタさんを見つけると、

「サンタさんが来てくれた」

と言って大喜びでかけ寄りました。サンタさんは、

「ごめんね。忙しくてうっかり、壊れたオモチャを渡してしまったね。これはちゃんと動くからね」

と言ってプレゼントを渡しました。

その後、子どもがいなくなったのを確かめると、お父さんはサンタさんに涙を浮かべながら、

「本当にありがとう。もう一生、あなた以外からはオモチャは買わないよ」

と話しました。サンタさんの目にも涙が光っていました。

この男の子は、オモチャと一緒に思い出もプレゼントしてもらいました。

失敗は誰にでもあると思いますが、それを取り戻す努力が失敗を最高の結果に変えることができます。


お父さんの子どものことを思う熱意が、オモチャ屋さんの心を動かしまし

た。

オモチャ屋さんに苦情を言うだけではなくて、子どもが本当にプレゼントを大切にしていることや、その気持ちを裏切りたくないことを伝えたからこそ、オモチャ屋さんはがんばってくれたと思います。

相手を動かすためには、文句だけではなくて、自分の気持ちを伝えることが大切だと思います。

「この人はわかってくれているはずだ」

と思ってイライラする人がいます。「イライラした表情から私の気持ちに気づいて」というメッセージなのですが、人はなかなか他人の気持ちには気づいてくれません。

大切な気持ちは、言葉でしっかりと伝えることが必要です。

story 11

父と夢

先月、一五周年記念テニス産業セミナーの実行委員長を務めさせていただきましたが、そのセミナーで印象に残った出来事がありましたのでご紹介します。

いくつかの分科会の一つに、テニスクラブの創業者たちの思いを、二代目たちが聞いて答えるという企画がありました。創業者からは、

「もっと熱心に仕事をして欲しい」とか、

「仕事を任せられるように成長して欲しい」

などの要望が多く言われました。それに対して二代目から、

「もっと、信頼して任せて欲しい」とか、

「時代にあっていないので、営業内容を変えたい」

などの反論がありました。

そのとき、討論で熱くなったある創業者が、

「テニスはあまり儲からない。もっと儲かる仕事はたくさんある。本気でこの仕事を継《つ》ぎたいのか？」

と言いました。一瞬の沈黙の後、いつもは無口なある二代目が、

「私は小さい頃から毎日、一生懸命にテニスコートを整備する父の姿を見ていました。お客さんと楽しそうに話す父の姿を見て、父と一緒に仕事をするのが夢だったんです」

と涙を流しながら訴《うった》えていました。

子どもが小さな頃から、親が本当に楽しそうに仕事をしていたら、きっと子どもは親の仕事を継ぎたくなると思います。反対に仕事から帰って来て、奥さんや子どもに仕事の愚痴ばかり言っていたら、絶対に子どもは後を継がないと思います。

子どもは親の言う通りにはならずに、親のする通りになると思います。自分の子どもに限らず、未来のために、せめて子ども達の前では、明るい大人でいたいですね。

会社でも社長が楽しそうに仕事をしていたら、社員も仕事が楽しくなりま

す。反対に、

「ほかに良い仕事がないから仕方がないよね」

と社長が言いながら、暗い顔で仕事をしていたらどうでしょうか？

周りの人達も暗くなってしまいます。

親と同じように、社員はトップや上司の影響を受けます。楽しそうに仕事をしていない人に、仕事を頼まれてもやる気が起こるはずがありません。

楽しく働いても、つまらなさそうに働いていても、仕事をする時間は同じです。人生を楽しむためには、多くの時間を費やす、仕事を楽しむことが必要だと思います。

story

12

２七銀

仕事が嫌になったとき、私がいつも思い出す人の話を紹介したいと思います。

村上聖《さとし》さんという将棋《しょうぎ》のプロです。彼は羽生善治さんにも勝ったことのある素晴らしいプロでした。彼の一生は『聖の青春』（大崎善生著、講談社）という本に詳しく書いてあります。

彼は幼い頃から、ネフローゼという重い病気と闘いながら生きてきました。小学校生活はほとんど病院の中で過ごしていましたが、そんな制限の多い生活の中で、彼が唯一熱中できたのが、お父さんに教えてもらったベッドでもできる将棋でした。

中学のとき、彼は将棋のプロになりたいと両親に相談しましたが、厳しい将棋の世界で、入退院を繰り返している彼がやっていくことは、誰が見ても不可能でした。両親も医師も反対したのですが、涙を流しながら、将棋のプロになりたいという彼の気持ちを、誰も変えることはできませんでした。

努力の結果、プロになった彼の生活は壮絶《そうぜつ》なものでした。対局後に立ち上がれないことや、そのまま倒れて、救急車で病院に運ばれることもあったそうです。

しかし、彼の将棋への熱が冷めることはありませんでした。ついには谷川浩司さんの王将位のタイトルの挑戦者に勝ち上がり、当時、七冠のタイトルを持っていた羽生善治さんとＮＨＫ杯の決勝を戦うなど、名人位にあと一歩のところまで活躍します。

平成一〇年八月、彼は残念ながら二九歳という若さで亡くなります。

病院のベッドで意識が薄れていく中、彼は最後まで、

「5四銀、同歩、同飛車……」

と棋譜《きふ》を読んで将棋を戦っていました。彼のこの世での最後の言葉が「2七銀」でした。

彼の生き方から将棋に対する執念を感じました。彼はもっと将棋をしたかったと思います。

好きな仕事をしているときに多少の問題があっても、彼のことを思い出すと、

「仕事が嫌になった」

とは言えません。

健康で好きなことができる幸せに、感謝するとともに彼に負けないように努力したいですね。

人生の最後の瞬間に何をしているのか?

ということを考えさせられました。

きっと人生の最後の瞬間は、自分の一番大切な人や物のことを考えると思います。

将棋のことを考えながら亡くなった村上さんの人生は、確かに短すぎたと思いますが、とても充実していたのだと思います。

人生の最後に神様が現れて、

「あなたは生まれ変わって、もう一度、同じ人生を過ごすことになるけれども、それでも良いですか?」

と言われたときに、

「確かにつらいこともあったけれども、もう一度この人生を過ごしたい」

と答えられれば、幸せだと思います。

story 13

勇者の印

先日、『社会人として大切なことはみんなディズニーランドで教わった』（こう書房）の著者で有名な香取貴信さんから話を聞きました。香取さんが自分の仕事に対する態度が変わったのは、一通の手紙と先輩の言葉だったと話してくれました。

ある日、適当な笑顔で接客していた香取さんに先輩が、

「今から読む手紙に、お前に必要なことが書いてあるから、目を閉じて良く聞いてくれ」

と言いました。あるお母さんからの手紙でした。

「半年ほど前、親子三人でお世話になりました。シンデレラ城ミステリーツアーに参加したときのことです。最後の悪者を倒す勇者に、五歳のたかしを選んでいただきました。たかしは、怖がりながらも悪者を倒して、とても喜んでいました。

実はたかしは、生まれたときから難病にかかっていて、もうこのときには残りわずかしか生きられないと医師に宣告された状態でした。いつも、ディズニーランドに行きたいと言っていたので、思い切って連れて行きました。

アトラクションの最後に、

『これが勇者の印です』

とキャストのお姉さんからもらったメダルを、病院に帰ってからもいつも身につけて、

『ぼくが悪者を倒したんだよ』

とみんなにうれしそうに話していました。

残念ながら、たかしは亡くなってしまいましたが、この日の出来事は、本当に家族にとって大切な思い出になりました。ありがとうございます」

と先輩が読んでくれた手紙には書かれていたそうです。香取さんは、

「もしかしたら、たかし君は自分のジャングルクルーズにも乗っていたかもしれない」

と思って、適当な接客をしていた自分をとても後悔したそうです。

仕事はお金を稼ぐためにすることですが、それだけでは寂《さび》しいと思います。多くの人に大切な思い出をあげたいですね。

人生で一度だけしか会話をしない人はたくさんいると思います。道や駅ですれ違うだけの人はもっといます。その一瞬の出会いでも、自分の言葉や態

度がその人に影響を与えています。

楽しそうに恋人同士が歩いているのを見て、離婚を考えている人が昔を思い出して、離婚を思いとどまるかもしれません。赤ちゃんを幸せそうに抱きしめている母親を見て、自分の母親をもっと大切にしないといけないと思う人もいます。


どうせ一度の人生だったら、一人でも多くの人に良い影響を与えて生きたほうが楽しいと思います。

もしかしたら自分にとっては小さなことでも、出会った人にとっては、一生の思い出や人生を変えてしまう出来事になるかもしれません。

Chapter 3

家族や友人から成長させてもらった物語

ダイヤモンドを磨くことができるのはダイヤモンドだけのように、人は人によって磨かれ成長していくと思います。

そのためには、どんな人たちと一緒にいるのかが大切になります。家族や仲が良い友人など、身近な人との関わりが成長に大きく影響すると思います。しかし、家族や友人などが、お互いに関係を良くするのは意外と難しいですよね。

子どもから、

「それはお父さんが間違っている」

と言われても、なかなか素直に聞けないでしょう。

奥さんから、

「あなたの考え方では結婚生活がうまくいかないから考えを変えてよ」

と言われたら、夫婦げんかになるでしょう。

いつも一緒に遊んでいる友人から、

「友人だから言うけれども、もっとまじめに働いたほうがいいよ」

と言われても素直に聞けず、

「友人だと思っていたのに、本当の私をわかってくれていなかったんだ」

と考えてしまうこともあると思います。

家族や友人は、身近な存在すぎて甘えや意地、弱いところを見せたくないという気持ちが働くからです。

身近な人からの話は素直に聞けなくても、ほかの家族などの良い話は素直に聞くことができます。

話から得ることができる気づきもあります。話を聞いた後に、自分の家族や友人への態度が変わって関係が良くなることもあります。

家族や友人などの身近な人の良い変化は自分に大きく影響します。身近な人から成長させてもらうことができます。

家族や友人などにも聞いてほしい、身近な人から成長させてもらった話をご紹介します。

story 14

あなたのそばに

仕事で疲れて帰ったとき、寝ている子どもの笑顔を見ると心が癒《いや》されます。以前聞いた、子どもの笑顔の力の話をご紹介します。

ある奥さんは結婚してすぐに子どもができたのですが、その後、結婚生活がうまくいかずに悩んでいました。収入がほとんどないご主人は、家にいないことが多く、毎日、お酒を飲んで、夜遅くに帰って来ました。

奥さんはもうすぐ一歳になる赤ちゃんと二人で、いつも寂しい夜を過ごしていました。

赤ちゃんがぐずって、満足に眠れない日も多く、

「どうして、私だけがこんな苦労をしないといけないの……」

とイライラしながら、毎日を過ごしていました。

ある日、ご主人が忘れていった携帯電話を見ると、メールが届いていました。奥さんは悪いと思いながらも気になって、メールを読んでしまいました。

それは知らない女性からのデートのお礼のメールでした。さらに届いていたほかのメールも読んでみると、ご主人が毎日のように、いろいろな女性と浮気をしていたことがわかりました。


メールを読んでショックを受けた奥さんは、衝動的に赤ちゃんと一緒に死のうと思います。そして、赤ちゃんの首を絞《し》めようと思って、両手を首に当てて力を入れました。

そのとき、赤ちゃんがとびっきりの笑顔になって、声を出して笑いました。

奥さんはその笑顔を見て、

「殺そうとしている私を、この子は信じて笑っている。この子だけは、どんなことをしても守らなくてはいけない」

と思って抱きしめたそうです。

その後、この奥さんはご主人と離婚してしまいますが、このときの赤ちゃんの笑顔を、いつも思い出してがんばっているそうです。

どんなに孤独を感じても、自分を必要としている人が必ずいると思います。その人の笑顔を思い出してがんばりたいですね。

この女性のように男性も、子どもに救われることがあります。

あるご主人は、自分が経営する会社の資金繰りに悩んで追い詰められていたとき、言葉を覚えたばかりの一歳の赤ちゃんを抱いていると、赤ちゃんが、

「パパ……えらい……」

と話したそうです。

どうしてそんな言葉を覚えたのだろうと奥さんに聞いてみると、ご主人が仕事で遅くなって寂しいときに、奥さんが赤ちゃんに、

「パパはがんばって働いていてえらいですね。パパはえらい、パパはえらい」

といつも自分に言い聞かせるように話していたそうです。

大切な人がいるから人はがんばれるのです。自分のためにがんばることは必要ですが、誰かの笑顔のためにがんばるほうが力を出せると思います。

大切な人の笑顔を忘れないようにしたいですね。

story 15 キッチン

先日新聞で、年金の関係などもあって、熟年離婚が増えているという記事を読みました。同居期間二五年以上の熟年夫婦の離婚は、ここ一〇年で二倍以上に増えているそうです。しかも妻からの離婚の申し出がほとんどだと書いてありました。

この記事を読んで、以前に心理カウンセラーの先生がしてくれた話を思い出しましたのでご紹介します。

あるご主人が病気で奥さんを亡くされて、初めてキッチンで家事をしたそうです。

そのときにキッチンで食事を作る大変さに、ご主人は初めて気がつきました。料理を作るためにはメニューを考えたり、買い物をしたりすることも必要だとわかりました。

奥さんが元気だった頃、仕事から帰ってきたご主人は奥さんに、

「まだ、食事ができていないのか？」

と怒鳴《どな》っていましたが、奥さんは何の文句も言わずに、

「ビールを飲んで待っていてください」

と言って、ビールを出してくれていたそうです。

そのときの奥さんの姿を思い出して、ご主人は涙が出たそうです。

奥さんが亡くなって初めて洗濯をしたときには、水の冷たさに初めて気がついて、なぜ、奥さんの手が荒れていたのかがわかりました。寒い日に、笑顔で洗濯物を干していた奥さんの姿を思い出して、こんな大変なことを毎日笑顔でしてくれていたのかと思ったそうです。どうして、

「毎日、一生懸命に家事をしてくれてありがとう」

と一言だけでも、ねぎらってあげられなかったのだろうかと、とても後悔したそうです。

私もこのご主人と同じ様に、家事はほとんど奥さんに任せています。

熟年離婚されないためにも、奥さんの努力をねぎらってあげることが大切ですね。

自分の奥さんなのだから、家事をするのは当たり前だと思っている人がいますが、本当はとてもありがたいことだと思います。

食事を作ってもらうことや部屋の掃除、子どもの育児などを、ほかの人にお金を払ってやってもらったら、いくらかかるのかわかりません。

会社でも経営者が「社員は働いて当たり前」と思っていたら、一生懸命に仕事をしてくれる社員が辞めたときにありがたさがわかるはずです。

「いつも、ありがとう」

というねぎらいの言葉があれば人はがんばれます。助けてくれている人に一言、お礼の言葉を伝えることが大切です。

人は一人では生きていけません。他人を助けながら、他人の助けを受けて生きているのだと思います。

story 16

筆箱

先日、仕事を辞めて地球村という環境団体を作り、全国を講演されている高木善之さんの話を聞きました。

彼の家では、子どもにあまり新しいものを買い与えないそうです。娘さんが使っている筆箱も、お母さんが小学校時代に使っていた古い皮製の筆箱でした。この筆箱を娘さんにあげるときにお母さんが、

「これはお母さんが小学校のときから大切に使っていた宝物なの……。これを買ってくれたお父さん、あなたのおじいさんは、お母さんが小学生のときに亡くなったの。お母さんは、これをお父さんの形見としてとても大切にしてたのよ。あなたが大切に使うのならあげようか？」

と娘さんに話したそうです。

ある日、娘さんが使っていた筆箱がクラスで話題になりました。ある男の子が娘さんに、

「お前の筆箱、古いやないか、僕のはこんなやで」

と娘さんの筆箱をばかにしました。ほかの子も一緒になって娘さんの筆箱を指差してからかいました。そのとき、娘さんが、

「ねっ、古いでしょ！　いいでしょ！　これはお母さんが子どもの頃から大切に使っていたんだって！　おじいちゃんの形見なの。私も大事に使って、私の子どもにもこれをあげるの」

と言ったそうです。周りの子ども達は一瞬シーンとなりました。しばらく

して男の子達が、

「ふーん、ええな」

と言ったそうです。

新しいものはいつでも手に入れることができます。でも、思い出がつまったものは二度と手に入りません。

簡単に物を捨てないで、大切にしないといけないですね。

この話でもわかりますが、高木さんの娘さんは、とてもポジティブだそうです。初めてめがねをかけて学校に行くことになったときに、奥さんは学校でからかわれて、めがねが嫌いにならないかを心配したそうです。学校から

帰って来た娘さんは、

「今日、めがねをかけていったでしょ。みんながメガネザルとかパンダとか言ってくれるの。楽しかった。今度、みんなで動物園に行くことになったの」

と笑顔で帰って来たそうです。

同じ言葉を言われても、感情は言葉の受け取り方で変わります。そして、その後の行動も大きく変わると思います。

娘さんがメガネザルと言われたときに、ひどいと思ってしまったら、みんなで楽しく動物園に行くことはなかったはずです。

誰でもひどい言葉を言われることはあると思いますが、その言葉を受け取るか受け取らないかは、自分で決めることができます。

贈り物は、相手から受け取って初めて自分のものになりますので、受け取らなければ、相手が勝手にあげたいと言っているだけです。

同じようにひどい言葉も受け取らなければ、自分の感情を傷つけることはありません。相手が勝手に言っているだけです。

受け取り方を決めるのは自分自身ですので、この娘さんのように受け取り方を選ぶこともできます。


言葉の受け取り方が、その場の感情と将来の行動を変えます。

story 17

水色と赤

産婦人科である女性が泣いていました。理由は三度目の流産のせいでした。

「もう、私、がんばれない……」

と泣いている女性を、一緒に来ていたご主人がなんとか元気づけようとして、

「こればかりは運だから……」

と慰《なぐさ》めていました。

そのとき、隣にいた五歳ぐらいの男の子が、

「これあげるから、もう泣かないで」

と水色と赤の二つのおもちゃの指輪を女性に差し出しました。男の子は、

「水色は泣かないお守り、赤いのは願いがかなうお守り、ぼくはもう、泣かない強い子だからいらないの」

と言って女性に指輪を渡そうとしました。女性が、

「願いがかなう指輪はいいよ」

と言うと男の子は、

「これは二つ一緒じゃないとパワーが出ないから二つともあげるよ。だから泣かないで」

と説明しました。そのとき、少し離れた場所にいた男の子のお父さんが、

「ゆうき、帰るよ」

と呼んだので、男の子は指輪を置いて去っていきました。

その後、このご夫婦は、「もしかしたらこの指輪が本当に願いをかなえてくれるかもしれない」と思って宝物のように大切にしました。

それから二年半後、ご夫婦に女の子の赤ちゃんが誕生しました。名前は指輪をくれた男の子にあやかって、有紀（ゆうき）にしたそうです。男の子からもらった指輪は、赤ちゃんのへその緒と一緒に大切に保管されました。

男の子の優しさがこの家族を幸せにしたのだと思います。幼い男の子から、自分のことばかり考えないで、人に対する優しさが大切なことを教わっ

たような気がします。

自分の幸せに気づいたら、この男の子のように周りの人に幸せを分けてあげたいですね。


この男の子は、どうして指輪をあげることができたのでしょうか？

自分は弱いと思っている人が他人を励《はげ》ますことはできません。この男の子は自分がもう泣かない強い子だと思っていたので、女性を励ますことができたと思います。

人を助けたり、正しいことを言ったりするときには、自分が傷つくこともあります。しかし、本当に勇気がある人は自分が傷つくことを恐れない強さを持っています。

誰かを幸せにしようと思ったら、まずはこの男の子のように自分が強くなることが大切だと思います。

story

18 お父さんのお弁当

九五歳の松原泰道さんが書かれた『輝いて生きる知恵』(致知出版社)という本を読んだのですが、強く印象に残った話がありましたので紹介させていただきます。

日本全体が貧しくて食べ物に困っている頃、ある中学生の男の子が自分のお弁当と間違えて、お父さんが山仕事に持っていくお弁当を学校に持って来てしまいました。

男の子はお昼に、お父さんのお弁当を食べるのが楽しみでした。

家が貧しかったので、いつもご飯が少なめのお弁当をがまんして食べていた男の子は、

「お父さんは山で激《はげ》しい仕事をするのだから、いつもの自分のお弁当よりも

ご飯がぎっしり入っているに違いない」

と考えていたからです。

昼休みに男の子は、期待を込めてお弁当のふたを取りました。中身を見た男の子は、

「あっ」

と思わず叫んでしまいました。お父さんのお弁当は、自分のお弁当よりもはるかにご飯が少なかったのです。

「お父さんは、これっぽっちのご飯であんな激しい仕事をしているのか……」

男の子は驚きました。しかも、いつもの自分のお弁当には、干し魚がおかずに入っているのに、お父さんのお弁当は生味噌と梅干が一個入っているだ

けでした。

「これがお父さんのお弁当だ」

男の子は胸がつまりました。そして、一粒も残さないようにお父さんのお弁当をきれいに食べました。その晩、お父さんが帰ってきて、

「お前、お弁当、間違えただろ、お腹すいたんじゃないか？」

と言って、自分の茶碗からご飯を分けてくれました。この日、男の子はたまらない気持ちで眠れませんでした。

この男の子はお父さんの姿を見て、自分よりも大きな人の存在を感じたと思います。子どもを育てるには、言葉ではなくて態度で伝えることが大切だと思いました。

子どもは親の行動をいつも見ています。どんなに言葉で調子の良いことを言っても、行動がともわなければ親を尊敬しようとは思いません。


「勉強ができるようになるには、本を読まなくてはだめだ」

と言っているのに、テレビばかりを見ていたり、

「健康のためには体を鍛《きた》えなければいけない」

と言っているのに、休みの日に運動もしないで家の中でゴロゴロしているようでは、子どもも行動しないし成長もできません。

休みの日でも机に向かって本を読んだり、ランニングをするお父さんを見れば、何も言わなくても子どもは同じように行動します。

子どもは大人の言葉を聞くのは苦手ですが、マネをするのは得意です。

story

19 結婚式

最近、結婚式に招待されると、

「いつかは私の娘も結婚するんだなぁ」

と思って目が潤《うる》んでしまいます。心理カウンセラーの先生から聞いた、結婚式で印象に残っている話がありますのでご紹介したいと思います。

今度娘さんが結婚することになったお父さんが悩んでいました。実はお父さんは娘さんと仲が悪くて、ほとんど口を聞かない状況でした。何とか結婚式の前に仲直りしたいと思って心理カウンセラーに相談しました。カウンセラーが仲の悪くなった理由を聞くと、

「娘が小学四年生の頃、会社が倒産しそうで、毎日悩んでいました。ある日、お金の借り入れで悩みながら家に帰ったときに、娘が『パパ、話を聞いて！』とかけよってきたので、思わず『それどころじゃない！』と言って突き飛ばしてしまいました。娘は泣きながら自分の部屋に行ってしまいました。それ以来、うまくいかなくなった気がします」

と寂しそうに答えました。カウンセラーは、

「そんなに気にしているのでしたら、結婚式までに思っていることを伝えてください」

とアドバイスしました。

お父さんはアドバイスにしたがって、なんとか娘と話をする時間を取ろうと努力しますが、娘さんは結婚式の準備で忙しくて相手にもしてくれません。

とうとう、結婚式の前夜、娘さんが、

「お父さん、お母さん、お世話になりました……」

とあいさつに来るまで話ができませんでした。娘さんが帰ろうとしたとき、お父さんは、

「あの時、お前が何を言いたかったか、今でも気になっているんだ。悪かったな……」

とやっと小学生の時の話を伝えて謝ることができました。娘さんは、

「全然、覚えてない。ただ、何となくお父さんと話せなくなって……。でも、今の言葉で私がお父さんに本当に愛されているのがわかった。誰の言葉よりもうれしい。ありがとう」

と目に涙を浮かべて話しました。

この話を聞いて、仕事が忙しくても子どもの話を聞く時間をなんとか取ろうと思うようになりました。でも「忙しいから五分だけだよ」と言っても、子どものおしゃべりは止まらないんですよね……。

自分の話を聞いてもらいたいと思ったら、まずは相手の話を真剣に聞くことが大切だと思います。相手の話す言葉ではなくて、相手の伝えたい気持ちを考えながら聞くことがポイントです。

「最近、何だか疲れていて……」

と話す人は、

「それならば、マッサージに行けばいいよ」

という答えよりも、本当は、

「どうしたの？　力になれることがあったら協力するよ」

という答えを欲しがっているのかもしれません。
相手に自分の気持ちをわかってもらったと感じることができれば、相手も必ず自分の気持ちをわかろうとしてくれます。

相手を理解することで、初めて相手に理解してもらうことができます。

Chapter 4

夢を追いかけている人から成長させてもらった物語

自分が落ち込んでいるときに、自分の夢に向かってがんばっている人や、困難にあっても挫《くじ》けないで努力している人の話を聞くと、

「何をやってもムダだ」とか、

「何で自分だけがこんな目に遭《あ》わないといけないんだ」

と悩んでいる自分の状況が、本当はまだまだ絶望するには早い状況であることがわかって反省させられます。

そして、人間の可能性や夢をあきらめないことの大切さに気づきます。

夢に向かって努力している人や夢を達成した人からは、あきらめないことの大切さだけではなく、いろいろな気づきがもらえます。話を聞くと、夢を達成することだけがゴールではないことにも気がつきます。

メジャーリーグのイチロー選手の小学生の頃の夢は、プロ野球選手になることでした。この夢を実現したイチロー選手はさらにメジャーリーグで活躍

することを目指しました。

すでにその夢も実現して、メジャーリーグで記録を塗り替えるような活躍しているイチロー選手は今、何を目標にがんばっているのでしょうか？

夢に向かって努力している人は、自分の成長の可能性を追っているのだと思います。夢を追いながら自分の成長を楽しんでいるのです。

夢に向かって努力するのは楽ではありません。

その夢が実現できないこともあります。夢の実現は約束されていませんが、夢に向かって努力している人の成長は保証されていると思います。

自分が困難な状況にあるときに、勇気と情熱を与えてくれた話をご紹介します。

story

20 自転車

先日、テレビ番組で知ったのですが、長野県のトンネルで、八〇歳の原野亀三郎さんがトラックにはねられて亡くなりました。

八〇歳の原野さんはたった一人で一年以上かけて、自転車で日本一周旅行に挑戦中でした。ところが、事故は自宅まで残りわずか四〇キロという目標達成の目前で起きてしまいました。

原野さんは自転車で日本中を走りながら、若者と交流することをもう一つの目標としていました。戦争で多くの友人を亡くした経験から、平和な時代に生きる一人でも多くの若者に、人生の意味を伝えたかったからです。

事故を知った原野さんと交流があった全国の若者から、原野さんからもらった言葉が忘れられないというメッセージが数多く寄せられました。

原野さんは、

「自転車の旅は楽しいですか？」

と若者に聞かれると、

「楽しくないですよ。自転車のペダルを踏み続けるのはつらいです。痛みもあります。でも、後で思い出すと楽しいよ。人生と同じようだね」

と話していました。

一生懸命に人生を生きた原野さんだから言える言葉だと思いました。

自分が亡くなるときに人生を振り返って、

「あのときはつらかったけれども、後で思い出すと楽しかった」

と思えることが数多くあったら幸せですよね。

残念ながら原野さんは、あと少しのところで日本一周の目標を達成できませんでしたが、若者の気持ちを動かす目標は十分に達成できたと思います。八〇歳になっても目標を失わずにがんばった原野さんに、挑戦することの大切さを教わった気がします。

「毎日、仕事が楽しくて仕方がありません」

と答えられる人は幸せだと思いますが、何年も仕事をしていれば楽しい日々ばかりではないと思います。私も仕事で嫌なことがあれば、仕事をやめたくなったり、ときには死にたくなったりします。

何のためにこんなにがんばっているのかがわからなくなるときもありま

す。

でも、きっと原田さんが言うように、後から思うと今働きながら悩んでいる状況が幸せだったというときが来るかもしれません。

人生の最後に、

「毎日大変だったけど、楽しい人生だった」

と言えたら幸せだと思います。

story

挑戦 21

最近、テレビで野球のメジャーリーグ中継を見ています。イチロー選手や松井選手など、多くの日本人がアメリカで活躍するのを見るのは楽しいです。

今では日本人が活躍するのが当たり前のようになりましたが、彼らが活躍する土台を作ったのは、野茂選手だと思います。

野茂選手がメジャーリーグに行く際に、

「野茂はメジャーでは絶対に成功しない」とか、

「裏切り者、日本の野球を見捨てるのか」

などと厳しいことを言われました。

しかし、野茂選手は任意引退になることをいとわずに挑戦し、その後の日本選手が活躍するきっかけを作りました。

その後、野茂選手はケガが原因でマイナーリーグに落とされても何回もメジャーに這《は》い上がって来ました。それは自分の生き方に信念があるからだと思います。

野茂選手がメジャーリーグに行くときにある記者が、

「英語が話せなくて、アメリカでの生活に心配はありませんか？」

と聞くと野茂選手は、

「英語を話しに行くのではなく、野球をするために行くので関係ないです」

と答えています。

何か困難なことにぶつかると、どうしても失敗や周りを気にして恐くなります。

「友達が心配するからやめよう」とか、

「親に止められたから……」

などと、挑戦しないための言い訳を自分で考えてしまいます。

アメリカに行くときに、

「希望はあるけれども不安はない」

ときっぱりと言い切った野茂選手を見習いたいですね。


どんなことでも最初に実行するのは大変なことだと思います。初めてのことに挑戦している人は最初、野茂投手のように、

「できるはずがない」とか、

「そんなことをしてどうするんだ」

などと言われると思います。そのようなときに、ほかの人の意見に左右されて挑戦を止めたらもったいないです。

行動しなければ失敗はありません。しかし、行動をしなければ成功することもできないし、進歩することもありません。

もしも、挑戦が失敗に終わっても、挑戦しなかったことを悔やむよりは、はるかに素晴らしいと思います。

最初の一歩を踏み出す勇気が必要だと思います。

story

死 22

先日、友人にこの本は絶対に読んだほうが良いと言われて『モリー先生との火曜日』（ミッチ・アルボム著、別宮貞徳訳、NHK出版）という実話を書いた本を読みました。

内容は、大学時代の恩師のモリー教授が難病のALS（筋萎縮性側索硬化症）に侵《おか》されているのを知り、スポーツ記者の作者が、毎週火曜日に病気で寝ている教授を訪ねたときの話です。

徐々に病気に侵されていく教授から、ベッドサイドで受けた最後の授業の様子が詳しく書かれていました。

人の助けを借りなければトイレにも行けない、枕も直せない難病に侵されながら、モリー教授は家族や結婚、社会、人生の意味などについて話をします。

たとえば、モリー教授は、片親を亡くした児童を集めた特別クラスで教えている先生から届いた手紙を読んで、

「私も小さいときに親を亡くしました……。子どものときに母が死にました。大変な打撃でした。あなたがやっているようなグループが、そのとき私にもあればよかった。そうすれば私も自分の悲しみをそこで話すことができたでしょう……」

と涙を流しながら話しました。さらに、

「もう、お母さんが亡くなって七〇年ですね。まだつらいんですか？」

と聞かれると、ささやくような声で、

「もちろん」

と答えていました。モリー教授は死について、

「人間はお互いに愛し合えるかぎり、またその愛し合った気持ちを覚えているかぎり、死んでも本当に行ってしまうことはない。作り出した愛はすべてそのまま残っている。思い出はすべてそのまま残っている。死んでも生きつづけるんだ。この世にいる間にふれた人、育てた人すべての心の中で……。死で人生は終わる、つながりは終わらない」

と話していました。

モリー教授は、付き添いの人が離れたわずかな時間に亡くなりました。最後まで人を悲しませない教授らしい最後だったと作者は書いています。

誰でも必ずいつかは死にます。

だから、その日が来るまでにモリー教授が話していた「人とのつながり」を大切に作りたいと思います。

記者がモリー教授に、

「先生、もし申し分なく健康な日があったら何をしますか？」

と聞いたときに教授は、

「そうだな……。朝起きて体操して、ロールパンと紅茶のおいしい朝食を食べて、泳ぎに行って、お昼に友達を呼ぶ……」

と、「大統領と食事をする」というような風変わりな答えを期待した記者を、がっかりさせるありきたりの簡単なことを話しました。

この言葉を聞いて、本当の幸せはありきたりの日常の中にあり、毎日が充実していたら、死を目の前にしてもやりたいことはいつもと変わらないのかもしれないなと思いました。

「たとえ明日、世界が終わりになろうとも、私はりんごの木を植え続ける」

とドイツの神学者マルティン・ルターは言っていますが、今の生活と変わらない一日を過ごそうと思える人は幸せだと思います。

もしも、二四時間、好きなことができるならあなたは何をしますか？

story 23

過去と現在

オリンピックには人を感動させる力があります。アテネオリンピックの男子マラソンは、イタリアのバルディニ選手が逆転で金メダルを取りましたが、アクシデントで三位になってしまったブラジルのデリマ選手の姿に感動しました。

デリマ選手が三六キロ地点で、二位と四〇秒以上の差をつけて独走していたとき、あるアイルランド人がコースに乱入して、デリマ選手を歩道に押し出しました。二位との差は一〇秒に減って、ペースを乱されたデリマ選手は、二人のランナーに抜かれてしまいます。しかし、デリマ選手は三位でゴールするとき、笑顔で観客に手を振っていました。

ゴール後、事件について聞かれたデリマ選手は、

「レースの途中で止まってしまったことでリズムを失い、元のように走ることはできなかった。誰もが予想しなかったことだろう。しかし、重要なのは、私が自分だけではなく、母国のためにメダルを獲得したことだ」

と話していました。さらに、

「誰かを責めることはありますか?」

と聞かれると、

「それはない。今回のような事件は、どこでも起こり得ること。ただ、それがマラソンレースの最中に起こったというだけだ」

と答えていました。その後、ブラジルがスポーツ裁判所に、もう一つの金メダルを彼に贈るように提訴《ていそ》しようとしますが、デリマ選手は、

「金メダルは一つでいい。提訴は望まない」

と答えました。

普通ならば警備体制を非難したり、乱入してきた男性に文句を言ったりすると思います。何も言わないデリマ選手は、起きたことを試練と受け止めて、それを乗り越えた自分を誇《ほこ》りに思っていると感じました。

起きてしまったことを悔やまないで、彼のように前向きに考えて生きたいですね。

「あのときにあの出来事さえなければ……」とか、
「あの失敗がなければ……」

と過去の失敗を嘆《なげ》いてばかりいる人がいます。

過去を悔やんでも現在は変わりません。

過去の自分をがんばらせることは不可能です。しかし、今「私は何をやっているんだ」と悔やんで、自分を変えることは一瞬でできます。


「あの人がもっとがんばってくれれば……」とか、

「あの人がいなければうまくいくのに……」

と他人の責任にしている人もいますが、他人はなかなか変えられなくても自分を変えることはすぐにできます。


自分にできることは、未来を素晴らしいものにするために、「現在の自分」を「他人の責任」にしないでがんばらせることだと思います。

過去と他人に悩まないで、今の自分に集中することが大切だと思います。

story 24 トップ

先日、『スポーツ感動物語4　天才それは努力する才能』（学研）を読んで、考えさせられましたのでご紹介します。この本にはイチロー選手や千代の富士など、努力して成功した人の話が書いてあるのですが、私が一番印象に残ったのはF1チャンピオンのミハエル・シューマッハの話でした。

一九九四年、F1の一時代を築いたアイルトン・セナのマシンがコンクリートの壁にぶつかって大破し、セナは命を失いました。そして、このマシンのすぐ後ろを追い立てるように走っていたのが、F1にフル参加して三年目のシューマッハでした。

このレースで優勝した彼は、この年初めてワールドチャンピオンになりました。

勢いに乗る彼は、その後も優勝を重ねますが、

「ふさわしいときにふさわしいマシンに乗れば、誰でも勝てる」

というような冷たく無感動な物言いをすることが多く、ほとんどの人は彼を人間味の薄い、冷たい男だと思っていました。冷徹《れいてつ》な戦略眼とその沈着冷静な態度から、マスメディアはSF映画の戦闘ロボット「ターミネーター」をもじって「シューミネーター」と彼を呼びました。

イタリアグランプリに優勝して、F1通算四一勝目をシューマッハが達成したとき、メディアの記者達は信じられない光景を目にします。

四一勝がアイルトン・セナの優勝回数に並んだという話を聞いた彼は、突然涙を流し、低い嗚咽《おえつ》の声を漏らしながら泣き始めました。

彼の目の前でセナの命を奪った六年前の事故以来、F1の第一人者の役割

を亡きセナから引き継ぐ覚悟でレースを続けていたからでした。

翌日のある新聞は、

「シューミー、我々は今、君のハートを理解した」

という見出しで、この出来事を伝えました。

シューマッハは引退を決めた最後のレースの前に、セナの墓を訪れています。トップにならなければわからない気持ちですが、その努力は見習いたいですね。


その立場にならなければ見えない悩みがあります。

成長して立場が上がるほど、大きな悩みにぶつかります。

社長がうらやましいと思っている社員がいますが、社長の悩みは社長になるまでわかりません。お金がないと悩んでいる人と同じようにお金持ちにも悩みはあります。

ある人が悩みと感じるものは、解決できる力がその人に与えられていなければ悩みと感じません。

イラク問題は、アメリカ大統領にとっては忘れることのできない悩みですが、小学生にとっては何の悩みでもありません。攻略できないゲームのほうが深刻な悩みです。

自分に力がついて成長すればするほど、大きな悩みにぶつかります。

悩みから逃げずに、成長のチャンスと考えて向かって行くことが必要です。

解決できない悩みは与えられません。

悩みが自分を成長させてくれるのです。

おわりに

『小さな幸せに気づく24の物語』を、最後まで読んでいただきましてありがとうございました。

最後にお伝えしたい話があります。前著を読んでいただいた方からの感想です。

私は三ヶ月前にガンを宣告されて、人生がすっかりと変わりました。突然死を宣告されて、今までの生活が当たり前でないことに初めて気づかされました。

私に残されている時間はどれくらいかはわかりませんが、今の私には毎日がとても大切で、すべての時間がとてもありがたいと感じています。

これまでも毎日を適当に過ごしていたわけではありませんが、会社で仕事をしたり、家族と話をしたり、友達と遊びに行くような、普通に過ごしていた毎日がどれほど大切なことだったか、当たり前だと思うことがどれほど特別なことだったのか、癌になったことで今さらながら気づかされました。

自分の周りに大切な人がたくさんいて、一緒に過ごせる時間がどれほど大切なことなのかにも気がつきました。

癌になって当たり前のことの幸せに気づくことができて良かったと感じています。

今からの時間は短いかもしれませんが、感謝して大切に生きていきたいと思っています。

この女性は癌になってしまって、本当につらいと思います。しかし、毎日の生活の中にある幸せに気づくことができました。

幸せを手に入れようと努力することは大切ですが、すでに手の中にある幸せに気づくことが本当の幸せかもしれません。

ここに掲載させていただいた日記は、前著と同じように当時お客さんに渡していた会報に載せていたものを修正したものです。

オーナー日記には、本で読ませていただいた話や友人に教えてもらった話を載せていますが、このような話に出会うたびに、本を書いてくださった著者や友人にいつも感謝させられます。

友人から聞いた話の中には、読者が考えたり体験した話があるかもしれません。ぜひ、さらに詳しいお話を聞かせていただければと思います。

ありがたいことに、前著を読んでいただいた方から良い話を数多くいただき、本書で紹介させていただいた話もあります。

良い話に出会うと元気や勇気などをもらえます。

そんな話をぜひ、ご紹介ください。多くの人に知ってもらうことで、みんなが幸せになれます（naka@parkcity.ne.jp までお送りください）。

この本で書かせていただいた話も多くの人に知ってもらい、お役に立てればと思います。もしも、気に入った話がありましたら、その話をメルマガやブログでご紹介していただけるとうれしいです。

本は一人の力では作れません。編集の長倉さん、社長の太田さんはもちろん、フォレスト出版の皆さんには本当にお世話になりました。皆さんの良い本を出したいという気持ちが伝わってくるので書くことができます。

私にいつも素晴らしい体験をさせてくれる、日本メンタルヘルス協会の衛藤先生、林先生、岡本税理士事務所の岡本先生、オラクルの小阪先生、來夢先生などの先生方、友人、スタッフ、そして、家族に感謝の気持ちを伝えたいと思います。

皆さんのおかげでこの本を書くことができました。ありがとうございます。

中山　和義

◎スペシャルサンクス（敬称略）

阿部健、粟津英明、安江泰樹、安田憲弘、安藤幸一、伊丸岡薫、伊藤雅朗、伊藤孝、伊藤茂男、伊藤優、伊藤隆康、井原瑞枝、井上欣也、井上智恵、永田雄一、益子佳幸、遠藤治、遠藤徳家志、奥崎謙二、岡田功、岡本光生、岡野琴巳、加藤一成、加藤旭、加藤一雄、加藤宏忠、加納明、河野圭一、花村理香、花田俊亮、外窪徹、柿添雅昭、角方文春、笠井浩樹、笠原士、笠原泰蔵、株式会社オリーゼ本舗、栢野克己、丸山正城、丸茂、岸克彦、旗手一永、菊谷義美、菊地泰、吉宗、吉田栄嗣、吉田和代、吉田孝之、吉田秀雄、吉田大介、吉野かおる、久江、久世宜弘、久米村隼人、久保木活彦、宮崎翼、宮村孝政、桐生剛、桐村清太郎、錦織晃代、金山、金子強一郎、駒井裕子、窪丈雄、熊本潔、栗原秀和、栗田尚幸、桑江俊一郎、穴井博、原和弘、原戸純太郎、原口直敏、古川智、古木寿人、戸田晋一朗、五月女亮、五十嵐克夫、向山昌希、江浦誠、江原久子、荒川、荒川和善、高橋将彦、高橋正典、高橋康司、高瀬利昭、高村喜威、高尾三保子、高柳秀、黒田健、今井一良、今井北斗、今枝直典、佐々木法子、佐々木陽子、佐藤賢英、佐藤美智子、佐藤小百合、佐藤彰洋、佐藤敦伸、佐藤奈美、彩と涼のパパ、細川孝良、坂本博史、崎原大輔、崎野幸男、作野成美、桜川雅庸、笹崎智子、三浦勤、三枝、山下敏、山下満男、山下由美子、山下黎丈、山科智也、山口明彦、山口一樹、山崎耐忍、山崎信吾、山内勝治、山本隆幸、山本真生、山本茂生、山本祐一、山梨太郎、市丸篤子、寺田房純、寺田敦子、寺尾昭彦、柴田ひとし、柴田芳樹、酒井昌則、酒匂実喜、秋山正治、秋竹浩、秋田英澪子、秋葉貴義、秋葉良一、渋谷仁、出口薫、緒方克樹、勝間田健、将志、小原、小原茂、小坂井徹、小崎昌昭、小室信二、小松洋一、小川嘉暢、小川庄一、小川玲子、小泉まゆみ、小倉雅利、小村雅典、小谷野繁樹、小田裕美、小島真由美、小畑洋一、小野香月、小野瀬浩史、小野塚勇人、小野田浩、小野芳裕、小林潤、小林宣之、庄司一郎、松永二朗、松村信之、松村洋平、松田雅彦、松尾宏三、松尾英和、照屋健友、上田れみ、上埜正治、城村英志、植木宗昭、織原芳晴、心の栄養にっこり、新垣ひとみ、新居泰浩、新木恒猪、森下宏樹、森山征夫、森川祐典、森川和広、深見宗久、真砂美、神崎雅人、進健修、仁井田修、垂石浩章、水元剛、水本秀彦、水野英巳、杉本竜彦、菅原靖、菅野勝、瀬川政和、成田道男、清

水恵子、清水和明、清野純徳、西岡照繁、西野正基、石井一成、石井義人、石原正道、石崎雅彦、石津哲美、石澤透、千家寛子、川村秀之、戦う女、前田大輔、前嶋昭夫、相澤志光、増山淳一、足立明穂、袖岡佳奈絵、村松秀男、村上拓麻、村川仁朗、多胡久、太田徹、大岡英俊、大橋一隆、大城一樹、大西公伸、大瀧郁夫、大塚毅彦、大塚哲夫、大嶋良英、大浜博文、大平和男、大類誠一、大澤康典、滝沢隆、棚橋寿詔、谷口一未、谷田久、丹野茂、段正峰、池田博、池田英志、竹野内淳、中原彰子、中山大蔵、中山和義、中川ヨウ、中村智美、中村一幸、中村一善、中村俊仁、中村昇、中村豊彦、中塚信行、中島、中澤和夫、猪飼紀秀、張容碩、町山洋丈、長倉顕太、長沢富男、長島勝博、長尾誠人、津田雅、佃隆、辻かおり、辻範男、天谷一男、添川好正、田口、田崎博史、田中昭彦、田中美保、田中雅人、田中久徳、田中裕充、渡辺りえ、渡辺敬、渡辺剛徳、土屋信博、土田和範、唐澤克宏、島村信仁、島田行浩、東森輝、東徹、東澤一也、桃坂直樹、湯浅学、藤井正仁、藤原英雄、藤田考晴、藤田雅代、豆塚弘義、酉の将軍、内田勉、内藤弘幸、二神章泰、二谷哲郎、馬場洋、馬場洋、馬地克哉、梅崎潤一、梅津雅昭、柏木俊二、白井清人、粕谷尚子、八雲賢二、飯田晃司、樋口元信、美波涙、姫松千秋、武石直人、武内良太、風水晶、福島啓太、平岡隆二、平原勝彦、平坂秀樹、平野陽、平野隆、平野善己、平野達也、並木信二、片桐剛、穂満正巳、豊昭一、傍島浩之、北川都巳、北村亮一、本庄大介、本正園子、本田健司、妹尾豪、味田英、名倉潔、明石彰、茂田井竹美、茂木満、毛利乾一、木口章美、木村清隆、門田修平、野口、野村美和、矢萩岳志、友一、有村勝一、遊佐佳浩、洋子、林晃司、鈴木誠一、鈴木宏文、鈴木宏明、鈴木俊道、和田康太郎、廣瀬充志、澁谷圭輔、濱沖弘、濱口武士、濱野達人、_木、akihiroakihiro、dujac、FunatsuMasaru、futino、haru、Henry、isiharakiyomi、iwase、ＪＯＥ、kattan、kinoshitasatoshi、kogayukiko、kohsukeuotani、mineoshinya、Muto、N.U、naaa、nagamimasaru、niwayoshinobu、nonbo、shimada、shoko、SK、suu、tachibana、tad、Teran、tessy、tokomama、ＴｏｍｍｙＫａｔｏ、toshi、オオカワミキコ、オヤマダオサム、かなえ、カニシンペイ、きくちえいごう、きょうがら、キンジョウミカ、げん、ささやん、じゃんぴ、タナカクミ、でじまゆうこ、としかつ、とも、なるみ、ひきちかげ、ひめ、ふるたたくや、ホリサトミ、まみ、やすまさ、ヤマダケンジ、ヤマトナオキ、やんず、ユーイチ、ヨッスィ!?☆（順不同）

〈著者プロフィール〉

中山和義（なかやま・かずよし）

1966年生まれ。成蹊大学経営工学科卒業、アメリカのホップマンキャンプ、メンフィステニスアカデミーで海外のスポーツビジネスを経験、帰国後、ヨネックス株式会社勤務、テニススクール担当として200ヶ所以上の事業所で販売促進企画を実施、退社後、父親の経営する緑ヶ丘ローンテニスクラブの経営改善に着手、赤字テニスクラブを業界トップのテニスクラブに改善。その後、テニスショップ、テニスサポートセンターをオープン、オリジナルブランドを立ち上げ、ラケットやガット、テニス練習機などを中心に売り上げを伸ばしている。その他の事業として老人ホーム、学習塾を展開中。

日本メンタルヘルス協会公認心理カウンセラー。

心理カウンセラーとしての知識を応用したセミナーは（株）船井総合研究所や（社）日本テニス事業協会などでも高い評価を受けている。
テニス普及のためのNPOテニスネットワークを設立、三鷹青年会議所の理事長を務めるなど地域ボランティア活動にも力をいれている。
著書に16万部突破の感動物語『大切なことに気づく24の物語』、ベストセラー『客は集めるな！〜お客様とのきずなを作る3つの関係〜』（いずれもフォレスト出版）、『テニス・メンタル強化書』、（実業之日本社）、『人生が変わる感謝のメッセージ』（大和書房）などがある。

<『24の物語』ホームページ>
http://www.24monogatari.jp
（無料で素敵な物語を配信しています。皆さんからの感想、体験談をお待ちしております）

<著者ホームページ>
http://www.tennis-shop.jp

<著者メルマガ>
http://www.mag2.com/m/0000159627.html

小さな幸せに気づく24の物語

2008年7月26日　　初版発行

著　者　中山和義
発行者　太田宏
発行所　フォレスト出版株式会社
〒162-0824 東京都新宿区揚場町2－18　白宝ビル5F
電話　03-5229-5750
振替　00110-1-583004
URL　http://www.forestpub.co.jp

印刷・製本　日経印刷（株）

ISBN978-4-89451-312-9　Printed in Japan